致乔里安诺，你是我的宝藏。

——贝娅特丽丝·阿勒玛尼娅

克拉拉的宝藏

〔意〕贝娅特丽丝·阿勒玛尼娅 / 著·绘　　赵佼佼 / 译

GUANGXI NORMAL UNIVERSITY PRESS
广西师范大学出版社
·桂林·

克拉拉生活在巴西。

她几乎什么都没有，除了一头乌黑的长发，还有琥珀色的皮肤。

克拉拉总套着一件大大的罩衫，穿着一双橡胶凉鞋。天晴的时候是这身打扮，下雨的时候也没什么变化。

克拉拉今年十二岁。

她在一所孤儿院做事。

她每天都会打扫厨房，偶尔也帮忙照顾小宝宝，假装是他们的妈妈。

她很喜欢这份工作。

周四是克拉拉的休息日。每到这天，她就会出门。

不远处一家大门紧闭的银行旁，有几个孩子在等克拉拉。

他们老远就看到了对方，开心地笑起来，一副迫不及待要见面的样子。

他们是克拉拉的好朋友——露西、安吉鲁和希亚娜。

他们都没有家，也没有住的地方，晚上就睡在里约的街头。

露西今年八岁。她的头发卷卷的，像个燕子窝。

她总不停地手舞足蹈，不停地大笑。

安吉鲁十一岁，个头虽小，但非常强壮，有一次还举起过一辆自行车。

这家伙永远光着脚，轻轻松松就能走过石子路。

安吉鲁总哼着那些环游世界的旅行者写的歌曲。

他就喜欢尽情歌唱。

希亚娜话不多，几个小伙伴里数她最安静。

她和克拉拉一般大，也十二岁。

几年前，她们就是在这家银行的大门外认识的。

有时候，露西、安吉鲁和希亚娜会被棉纺厂招去做零工。

　　有时候，他们清扫街道，或是被渔民叫去帮忙收网。

　　干完活儿，他们就又凑在一起，伸长了脖子望着白云，默默数着日子，盼望周四赶快到来。

安吉鲁、露西和希亚娜还有很多一起流浪街头的朋友。

有些常常对着塑料瓶用力吸气，露出莫名其妙的微笑。

只要他们四个聚在一起，就会去海边撒开脚丫奔跑。

他们互相扔沙子，大声唱着关于渔民横跨大海的歌谣，嘴里还嚼着游客给的面包。

露西、安吉鲁和希亚娜不愿像街头的那些朋友一样，吸食那种只能暂时让人忘掉烦恼的东西。

他们有克拉拉。

克拉拉有很多很多美梦。

这些梦是她的宝藏，从不出售，但她愿意把它们当作礼物送给朋友。

在梦里，克拉拉会飞到奇妙的地方。

她从空中往下看，风筝、鹦鹉、绵长的金色沙滩，还有许多小船……

在梦里，有一座魔法山，上面长满了冰激凌，还有各种各样稀奇古怪的生物出没。

　　一阵风从北边呼啸而来，便会让人沉沉睡去，再被它唤醒时，已经过了一百年。

在梦里，未来的城市处处灯光闪烁，汽车在空中飞驰，停车场里开满鲜花。

大街上，小火车在烟花声中哐当哐当地开过，比萨店和玻璃幕墙的摩天大厦多得数也数不清。

在梦里，克拉拉看到了一个没有大人的里约。

只有孩子，个个活泼可爱。

他们结伴跳上车，一起冲向糖果店。你看，他们的嘴里没有一颗坏牙。

在梦里，克拉拉送给大家一座又一座山谷，那里长满了果树，树上挂满了果实。

天上挂着四个金黄的太阳。农民非常富有，个个穿得像富商。

在梦里，克拉拉把街上的老房子全都变成了《一千零一夜》里的
宫殿，路过的小猫也一一变成了马来西亚虎。

就这样，克拉拉讲着一个又一个梦，讲了好久好久……

她上过四年学，认识一些字，现在只要看到书，就想一口气读完。

不知不觉，天色暗了下来。

克拉拉站起来，拍拍手上的沙子，转身朝孤儿院的方向走去。

好朋友们听得入迷，有时一起吃惊地张大嘴巴，有时一起笑又一起哭。

他们一起等待下个周四继续到克拉拉的美梦里旅行。

是的，他们不需要只能暂时让人忘掉烦恼的毒品。

他们有克拉拉。

还有许许多多的美梦要一起去实现……

克拉拉的宝藏

Kelala de Baozang

出 品 人：柳　漾
项目主管：石诗瑶
策划编辑：柳　漾
责任编辑：陈诗艺
责任美编：邓　莉
责任技编：李春林

Le trésor de Clara
Text and illustrations by Beatrice Alemagna
Original French edition and artwork © 2000 by
Editions Autrement
Text translated into Simplified Chinese © 2018 by
Guangxi Normal University Press Group Co., Ltd.
This copy in Simplified Chinese can only be
distributed and sold in PR China, no rights in
Taiwan, Hong Kong and Macau.
All rights reserved.
著作权合同登记号桂图登字：20-2016-281 号

图书在版编目（CIP）数据

克拉拉的宝藏／（意）贝娅特丽丝·阿勒玛尼娅著绘；赵佼佼译．—桂林：广西师范大学出版社，2018.9
（魔法象．图画书王国）
书名原文：Le trésor de Clara
ISBN 978-7-5598-0879-0

Ⅰ．①克…　Ⅱ．①贝…②赵…　Ⅲ．①儿童故事－图画故事－意大利－现代　Ⅳ．① I546.85

中国版本图书馆 CIP 数据核字（2018）第 099048 号

广西师范大学出版社出版发行

（广西桂林市五里店路 9 号　邮政编码：541004）
（网址：http://www.bbtpress.com）

出版人：张艺兵
全国新华书店经销
北京盛通印刷股份有限公司印刷
（北京经济技术开发区经海三路 18 号　邮政编码：100176）

开本：787mm×1 092 mm 1/16
印张：3　插页：12　字数：40 千字
2018 年 9 月第 1 版　2018 年 9 月第 1 次印刷
印数：0 001~6 000 册　定价：36. 80 元

如发现印装质量问题，影响阅读，请与出版社发行部门联系调换。

魔法象
为你朗读，让爱成为魔法！
The Magic Elephant Books

魔法象
图画书王国

导读手册

克拉拉的

宝藏

扫一扫，更多阅读服务等着你

GUANGXI NORMAL UNIVERSITY PRESS
广西师范大学出版社

在沉睡中醒来：克拉拉的美梦

严晓驰／儿童文学博士

在儿童的世界里，有克拉拉的美梦。美梦里有金色的沙滩，长满冰激凌的魔法山，吃不完的糖果，还有可以令人沉睡百年的风；美梦里汽车在空中飞驰，孩子们不用被大人约束。那个世界属于每周四。

在成人的世界里，有克拉拉的现实。现实里住着贫穷、冷漠、束缚、暴力；现实里，孩子们四季穿着同样的衣服，街上到处是无家可归的人，孩子们吃着游客们送的面包，还有人吸食可以忘却烦恼的鸦片。这个世界属于每一天。

这个故事发生在巴西，那里的大多数孩子没有一口好牙齿。克拉拉是一个在孤儿院工作的十二岁女孩。面对困窘的现实，她执着地把欢笑带给朋友们，为大家筑造一个个离奇的梦境。他们所成长的世界，阳光不多，快乐有限，但在每个周四，仍然可以痛痛快快地梦一场。作者贝娅特丽丝·阿勒玛尼娅偏爱"寻找"这个主题，试图展现"一个普通的、弱小的个体不断寻找，最终找到幸福、自信和力量"的过程。克拉拉正是如此，在看似不可思议的美梦中，创造了一个平和、自由和幸福的里约。她和朋友们努力追寻幸福和爱，并在这个过程中收获信念和力量。

克拉拉，一个执着表达的女孩。

世界上有太多像鸵鸟和刺猬一样的大人。他们面对问题不是懦弱地选择逃避，就是紧张得刺痛旁人。这些人封闭了自己，一次次

失去跟外界交流的机会，最终沦为沉默者。但克拉拉不同，她坚持用自己的方式去探触那个不美好的世界。尽管她的努力似乎微不足道，但她坚忍地向这个世界发出自己的声音，向拥有话语权的成人社会发起挑战。可以说，克拉拉造梦的过程，是一个表达自我的过程。每次当她讲完故事，转身向孤儿院走去的时候，她孤独的背影是可敬的。除了筑造美梦，她还带着朋友们一起去实现美梦。同时，她也用这种特殊的方式化解了沮丧的心情，实现了内心的平和。所有造梦者终其一生，不过是为了让自己与现实中那个不美好的世界和解罢了。孩子们认为，大人眼里看到的世界跟自己一样。克拉拉试图让所有人相信，世界就是如她所说的那样，也应该是那样。

克拉拉，一个接受真实的女孩。

除了坚守自己的话语权，克拉拉还给予朋友们接受真实的勇气。文中特意提到的鸦片问题，在童书中是一个创举。那些和克拉拉有着相同际遇的街上的朋友选择用鸦片麻醉自己。其实，鸦片正是另一群人的美梦，他们代表更普遍的现实。一群没有能力面对生活的人，软弱地沉沦了下去。美梦也像是另一种形式的"鸦片"，它让人们暂时忘却苦痛。然而区别就在于，怯懦的人选择吸食鸦片彻底堕落，勇敢的人却怀揣美梦坚强醒来。克拉拉的梦境如此美好，但过了每周四，所有的一切都没变，她的朋友们没有停留在梦中，他们和《黑客帝国》中的主人公一样，毅然选择面对真实。书中有一幅跨页设计得颇具匠心，画面中，四个孩

贝娅特丽丝·阿勒玛尼娅（Beatrice Alemagna）

意大利著名图画书作家，1973 年出生于意大利博洛尼亚，毕业于意大利乌尔比诺工艺美术高等学院。她的作品风格鲜明，往往不拘泥于传统媒材，多使用拼贴画的形式进行创作。曾获得过法国吕埃尔—马尔迈松插画奖、美国米尔德丽德·巴彻尔德奖、意大利安徒生奖年度最佳插画奖、中国台湾地区"好书大家读"最佳少年儿童读物奖等诸多奖项，并曾三次入选纪念阿斯特丽德·林格伦文学奖。1996 年贝娅特丽丝获得了法国未来新锐奖，并于第二年移居巴黎。当年二十四岁的她作为一个异乡人来到巴黎，而这座城市热情地接纳了她。她希望写一个故事献给这座城市，于是《一只狮子在巴黎》诞生了。魔法象童书馆已出版其作品《一只狮子在巴黎》《大大的小东西》《你是我的爱》等。

用'吸'东西来忘记不开心。"我说。

"克拉拉、露西、安吉鲁和希亚娜也会不开心吗？"孩子说。

"嗯，他们也会。不开心可以减轻，比如一说到那些美梦，他们就特别开心。等他们长大，有些美梦会变成真的。"我说。

我告诉孩子，许多小小的快乐时刻决定了生活的美好，如果不开心，可以跟爸爸妈妈说一说，然后想一想让你觉得快乐的事情。比如，前几天吃到的什么东西？看了哪些好看的书？想想好看的动画片，还有周末和爸爸妈妈去了哪些好玩的地方……这样就会又开心起来。

我们的孩子也从未脱离复杂难懂的生活，虽然年纪小，生活经验少，他们也会悲伤、害怕、愤怒和失望。万幸的是，快乐是治愈的良药。正在伤心的孩子，可能不久就会感受到快乐；生活艰难的孩子，也会拥有快乐，从中获得力量。这是孩子们拥有的不可思议的自愈能力。

这个故事里的克拉拉、露西、安吉鲁和希亚娜过的是一种艰难的生活。但在这样的生活状态下，他们依然有能力做出对自己有益的选择。经常想着快乐的事情，感受着快乐，他们以后也就会成长为快乐的人。每一个艰难生活的孩子，要照管好自己的身体，快乐长大，因为还有很多美梦要实现。我们需要像《克拉拉的宝藏》这样的童书，在一定程度上，阅读本书的孩子们在和克拉拉、露西、安吉鲁和希亚娜共情以后，会得到一些如何克服不良情绪、如何在逆境中自处的经验。最后合上书，我们回到封面——看，克拉拉的头上，长出了星星一样的皇冠。

子神态各异地躺在沙滩上，右下角那个孩子兴奋地张开双臂，这显然是我们的主人公克拉拉，另外三个孩子则认真地望向她，他们周围的世界一无所有，是一片简单的黑色，这与之前那些斑斓的画面形成强烈的对照，这个世界才是他们的现实。然而作者没有停留，她只让我们的沮丧维持了一页，因为翻到下一页，克拉拉正带着露西、安吉鲁和希亚娜走向更为壮阔的未来。克拉拉的美梦，为处在贫瘠土地上的无助的人们播下了一粒希望的种子。更为重要的是，躲进那些美梦不是为了遗忘现实，而是为了更好地面对未来。

逃避生活有一千种方式，而面对它却只有一种，那就是我们鼓起勇气。于是在故事的最后，作者说，他们不需要那个只能暂时帮他们忘掉烦恼的东西，因为还有许多美梦要一起去真正地实现。克拉拉带给朋友们的美梦，源于她对人生的信任。她相信事情终究会变得美好，梦境中的果实终究会结在现实的土壤上。

作者贝娅特丽丝来自艺术的国度意大利。她擅长运用多种媒材作画，以此打破藩篱与束缚，探索艺术的更多可能性。因而，我们在克拉拉的世界中看到了蜡笔的痕迹、油画的质感、书页海报的拼贴以及拓印的手法。全书画风简单，色彩浓郁，作者以非常简单的笔触勾勒出一个复杂的世界。环衬是一整片浓烈的红色，克拉拉的半个身子从那片红色中探出来，我们才知道那是一张幕布，故事就是从这里开始的。红色也奠定了全书的主基调，象征着巴西温暖的气候，也象征着克拉拉对待生活的热情和富丽的想象。

贝娅特丽丝有一个敏感而又多情的灵魂，她用自己独特的方式不断阐释人生的意义，作品里不约而同地都提到了爱和幸福。克拉拉在某种程度上也是作者的化身，她在每个周四带来希望和阳光，帮助人们驱散阴冷的眼神，让他们在繁重的生活中能够有片刻的休息，然后在第二天更好地前行。

《大箱子》

1993 年诺贝尔文学奖得主托妮·莫里森写给孩子的故事。撕开禁锢童年的大箱子,守护孩子自由成长的权利。

〔美〕托妮·莫里森、斯莱德·莫里森 / 著

〔美〕吉丝莉·波特 / 绘

周英 / 译

作者所获荣誉:

1988 年《宠儿》荣获美国普利策小说奖

1993 年诺贝尔文学奖

《用爱心说实话》荣获中国台湾地区"好书大家读"年度最佳童书奖

📖 内容简介

　　派蒂、米奇和丽莎是三个原本自由自在的孩子,他们想象力丰富、精力充沛,总是在家里、学校和街上做很多好玩的不合规矩的事。大人们因此常常不安,觉得他们无法管好自己,所以把他们关进了一个棕色的大箱子里。大箱子里很舒服,有各种各样的生活设施,爸爸妈妈也会定时送来好吃的和玩具,唯独没有自由。孩子们很疑惑,连海鸥都可以叫,野兔都可以跳,海狸想咬树时也能咬,为什么他们不能做自己,自由自在随心意?而且大人们能给的,并不是他们想要的自由。

　　这部发人深省的作品是诺贝尔文学奖得主托妮·莫里森根据儿子 9 岁时的想法创作的,以此提醒大人们,不倾听孩子心声的人才是真正具有破坏性的,不要以爱的名义去绑架孩子。撕开禁锢童年的大箱子,守护孩子自由成长的权利。

像人们的生活一样。

　　向孩子解释了流浪、孤儿院是什么以后，我说："克拉拉的朋友们没有妈妈。"

　　"为什么？"孩子问。

　　"我也不知道为什么。有些孩子的妈妈离开了。"我说。

　　一阵沉默。

　　"可是，这样不好。"

　　"这样是不好。没有大人照顾，他们要去做事情赚钱，他们要吃饭。还有更不好的事情，那些流浪街头的孩子，'吸'了一些不该'吸'的东西。这些坏东西会伤害大脑，会让他们像个傻瓜。他们以后可能再也无法成为医生，或者警察，或者老师，甚至，他们以后再也不能感受到快乐。"

　　"他们为什么会这样？"孩子问。

　　"他们没有妈妈，也许有的人告诉他们，可以用愤怒来对付愤怒，

些句子。一天晚上，她坐在秋千架上问我："在黑暗中迷路是什么感觉？"这句话来自一本讲述迷路的小狗的图画书。又有一次，她对给她穿衣服的爸爸说："爸爸，你真是个英雄！"或许，她没有完全弄懂故事，但孩子能按自己的需要将句子从故事中拎出来，还能感知到故事中传达出的情绪。

善良、快乐、勇敢、有恒心，我希望书里传播这些正能量的品质，希望孩子小小的心里放下这些种子，在故事的喂养下慢慢成长。

《克拉拉的宝藏》这个故事传达的是什么呢？

克拉拉每周都会给露西、安吉鲁和希亚娜带去"礼物"，所以他们对每次见面都迫不及待。每个孩子都喜欢得到礼物。克拉拉给朋友们的礼物更难得，是美妙的梦，她把这些梦讲给朋友们听。

听到这里，我的孩子兴奋地说："妈妈！克拉拉很神奇！"

梦里出现了金色沙滩、风筝、闪烁的灯光、哐哐当当的火车、糖果……如果能收到这些礼物，每个孩子都会雀跃。故事讲到这里，孩子听得很开心，那么这是一个单纯的满溢快乐的故事吗？不，还有些重要的情节需要我们细细品读。

克拉拉几乎什么都没有，不管天气怎么样，她都穿着罩衫和凉鞋。露西、安吉鲁和希亚娜甚至没有住的地方，他们每天在街头随便找个地方睡觉。这些孩子都需要工作来养活自己。克拉拉在孤儿院上班，其他的孩子则打零工，有时候去棉纺厂，有时候清扫街道，有时候去给渔民们帮忙。

他们还有很多一起流浪的朋友，有些人会对着塑料瓶用力吸气，然后露出莫名其妙的微笑。

这些是故事里悲伤的部分，如果把故事从头到尾读一遍，孩子自然会感觉到。《克拉拉的宝藏》传达给孩子的是复杂的情感体验，就

定价：39.80元

印张：4

开本：12开

适读：4~8岁、8~12岁及以上

出版：2016年9月

领域：社会、健康、语言

装帧：精装

要点：自由、成长、哲理、诗意

ISBN：978-7-5495-8451-2

🐘 **媒体推荐**

正如波兰诗人赫伯特所言："人应该化为岩石、树木、流水和断裂的大门。最好成为嘎吱作响的地板，而非那耀眼的显而易见的完美。"孩子们轻易地撕开了禁锢的箱子，奔向自然，成人们也应该摒弃"完美"的箱子思维，去拥抱岩石、树木和流水……

——周明刚（苏州幼儿师范高等专科学校教师）

其实我们身边不也有这样的孩子？成年人往往靠压制孩子以彰显自己的强大，却没

有想过因势利导，没有想过更好地保护他们的天性。从这个角度来说，这本童书不啻为一声警钟，让成年人反思自己与孩子的关系。

—— 李雪梅（儿童美育工作者）

　　托妮·莫里森和斯莱德·莫里森这一对母子，用诗的语言，用饶舌歌的节奏，经营出这个反讽的、抗议的《大箱子》。我相信中文世界的大人小孩，都能够因为走进这个大箱子、走出这个大箱子，心更平和，脑更清楚，而且，多一份幽默感。

—— 杨茂秀（毛毛虫儿童哲学基金会创办人）

制造快乐是一种能力

刘榛／童书编辑

　　我是一位妈妈。每天晚上给孩子讲故事的时候，我的内心会变得非常柔软。我抱着软软小小的她，一起到故事王国里畅游。

　　有时候孩子会被好玩的故事逗乐，临睡前还躺在枕头上，反反复复说着书里好笑的话，回味好玩的情节，咯咯咯地笑。

　　有时候孩子会安安静静的，故事讲完一遍后这本书就收了起来。几天以后，孩子却突然对我说："妈妈，让我抱抱你吧！""让我亲亲你吧！"噢，也许孩子感受着故事里爱的滋味，想和自己的妈妈一起分享。

　　有些故事她不是很懂，就会在日常生活中重复提起，试图根据大人们的反应去理解。让人惊讶的是，她几乎一知半解地用对了一